L'AUDIENCE DU ROI,

COMÉDIE-VAUDEVILLE EN UN ACTE.

PAR M. BARTHÉLEMY,

REPRÉSENTÉE, POUR LA PREMIÈRE FOIS,

SUR LE THÉATRE DES JEUNES ÉLÈVES DE M. COMTE,

LE 30 MAI 1832.

PARIS,

J. BRÉAUTÉ, ÉDITEUR,

LIBRAIRIE DE L'ENFANCE ET DE LA JEUNESSE,

PASSAGE CHOISEUL, N° 60.

—

1832.

PERSONNAGES.	ACTEURS.

Le maréchal DE VALCÉ,   Henri.

JULES, son neveu, jeune officier.   Francis.

Le baron D'HERMANCE, ami de Valcé,   Williams.

SOPHIE, femme de Jules.   Leture.

Madame BLANCHET, maîtresse d'auberge.   Joséphine.

GERMAIN, domestique de Jules.   Fresson.

MARIE, fille d'auberge.   Euphrasie.

La scène se passe à Versailles, sous le règne de Louis XVI.

L'AUDIENCE DU ROI.

Le théâtre représente une chambre de l'hôtel commune aux voyageurs. Deux portes latérales conduisant à d'autres cabinets ; à gauche, une croisée donnant sur la grande rue. Porte au fond.

SCÈNE PREMIÈRE.

(Au lever du rideau, Marie est occupée à regarder par la croisée.)

MARIE.

Dieu, que c'est beau !.. Quel joli coup-d'œil !.. En v'là-t-il des hommes et des chevaux !.. Mais je ne vois pas Jolicœur parmi eux ;... ah, si !.. j'l'aperçois à la tête de son régiment, avec sa canne de tambour-major... Quel bel homme ça fait !..

Air de l'Anonyme.

Pour sa bravour' dans l'armée on l'renomme ;
Chacun l'respecte et l'salue en passant ;
Moi je suis fier' d'épouser un tel homme ;
Mais il men'ra, dit-on, tambour battant.
Ça m'donn', j'avoue, un peu d'inquiétude,
Dans notr' ménage en effet un beau jour,
Il pourrait ben, par un rest' d'habitude,
Battre sa femme au lieu d'battre l'tambour.

(On entend madame Blanchet appeler derrière la coulisse : Marie ! Marie !)

MARIE.

Me voici, madame.

MADAME BLANCHET, *entrant.*

Où êtes-vous donc toujours fourrée ? Il y a une heure que je vous appelle...

MARIE.

J'étais là en train de regarder défiler la parade.

(4)

MADAME BLANCHET.

Est-ce pour cela que je vous ai prise à mon service ?..
Allons, petite sotte,.. dépêchez-vous de ranger ici... La
revue doit être bientôt terminée, et nous devons nous pré-
parer à bien recevoir les officiers qui me font l'honneur
de descendre à mon hôtel.

MARIE.

C'est un beau jour pour vous.

MADAME BLANCHET

Oui; mais il faut que je fasse tout ici;... personne ne
m'écoute... Ah! qu'une veuve est à plaindre quand elle
est seule à la tête d'un établissement comme le mien!..

MARIE.

Si j'étais à votre place, je me remarierais;.. ça vous
ferait respecter...

MADAME BLANCHET.

Je sais bien que j'aurais pu dès long-temps remplacer
feu M. Blanchet, mon mari...

Air : *J'avais mis mon petit chapeau.*

Je regrett', toujours mon époux.
  Ah! que Dieu veuille avoir son âme!
Il savait flatter tous mes goûts,
Il était aux p'tits soins pour sa femme ;
Il s'laissait m'ner par sa petite femme.
De moi seule, prenant conseil,
Que n'puis-je, pendant mon veuvage,
Écouter dans le voisinage,
Tous ceux qui m'demand'nt en mariage,
Pour tâcher d'trouver son pareil.

MARIE.

Ah, dam! le mariage est une chose bien chanceuse,..
une chose à laquelle il faut regarder plus d'une fois...

MADAME BLANCHET.

A qui le dis-tu?.. J'y ai regardé plus de dix,... et je
suis encore veuve... Cependant, si je trouvais un jeune
homme doux, honnête, laborieux et d'un physique agréa-
ble...

MARIE.

Comme qui dirait un Apollon...

MADAME BLANCHET.

Eh bien! je me risquerais... Allons, pendant que nous

jasons là ensemble, la besogne ne se fait pas. (*Allant à la fenêtre.*) La revue est passée... Je descends vite à mon comptoir. Toi, Marie, tu sais ce que tu as à faire.

(Elle sort.)

SCÈNE II.

MARIE seule.

Elle est drôle, madame Blanchet;.. elle fait comme si elle craignait de prendre un engagement positif... Tout le monde sait pourtant ben que du vivant de son mari...; les engagements ne lui faisaient pas peur... Mais j'entends du bruit;.. c'est sans doute quelque étranger qui nous arrive... Allons mettre tout en ordre dans ce cabinet... (*Elle entre dans le cabinet qui est à droite.*)

SCÈNE III.

JULES, GERMAIN.

(Ils entrent avec précaution.)

JULES.

Tu es bien sûr que personne ne nous a aperçus en entrant ici ?

GERMAIN.

Non, monsieur; tous les gens de l'hôtel étaient occupés... Vous sentez bien qu'un jour comme celui-ci toute la maison est sens dessus dessous.

JULES.

Tant mieux! cela sert merveilleusement mon projet;.. car j'ai intérêt à ne pas être reconnu...

GERMAIN.

Vraiment, monsieur, je ne comprends pas pourquoi vous voulez cacher avec tant de mystère votre voyage à Versailles?.. A peine arrivés ici, vous me faites promener votre cheval pendant deux heures... Si c'était pour lui faire prendre l'air, il ne fallait pas venir si loin...

JULES.

Écoute-moi; je vais maintenant te mettre dans ma confidence... Tu peux m'être utile. . Je sais que tu es discret...

GERMAIN.

Ah, monsieur !

(6)

JULES.

Que tu as quelque esprit naturel.

GERMAIN.

Monsieur,... vous me faites trop d'honneur...

JULES.

Je suis à Versailles à la recherche du maréchal de Valcé, mon oncle, que je n'ai jamais vu, et que je ne connais que par sa correspondance... Un de mes amis de Bordeaux m'écrit que mon oncle a quitté précipitamment cette ville, et qu'il est depuis trois jours à Paris...

GERMAIN.

Qu'y vient-il faire ?..

JULES.

Parler au roi...

GERMAIN.

Il a donc quelque demande à lui adresser ?

JULES.

Oui ; il vient solliciter une lettre de cachet contre moi...

GERMAIN.

Une lettre de cachet !.. Et sur quel motif?...

JULES.

Je l'ignore... Assurément ce n'est pas pour mes dettes ; depuis long-temps je n'en ai plus... D'ailleurs mon oncle le sait bien, puisqu'il a payé les dernières... Ce n'est pas non plus à cause de mon mariage... J'ai eu le consentement de tous mes parents... Il est vrai que lui seul n'a pas voulu signer au contrat.

GERMAIN.

Voilà qui est mal... On ne prend pas comme cela les gens en traître ;.. on les avertit au moins qu'on viendra les surprendre... Mais comment espérez-vous le rencontrer ?

JULES.

Je l'ai déjà vu ce matin, à la revue.

GERMAIN.

Et vous l'avez reconnu ?.. Voilà qui est fort...

JULES.

Air de *l'aimable Thémire.*

A son habit qui brille,
D'or, d'argent et de croix.

A son air de famille
Je l'ai reconnu...

GERMAIN.

j'vois
Qu'sur ce point la nature
Se trompe rarement.

JULES.

Oui , lorsqu'on se procure
Un bon signalement.

GERMAIN.

Vous aviez son signalement?.. Il fallait donc me dire
ça tout de suite...

JULES.

Ce matin, en entrant dans la cour du château, j'aperçois, au milieu d'un groupe nombreux d'officiers, un
homme d'un certain âge et d'une physionomie respec-
table...

GERMAIN.

Figure d'oncle;... elles se ressemblent toutes...

JULES.

Il était couvert d'un riche uniforme tout chamarré de
cordons et de rubans.... Comme j'avais quelques soupçons, je consulte aussitôt le signalement,.. et, juge de
ma surprise !..

GERMAIN.

C'était votre oncle?...

JULES.

Lui-même... Alors je m'avance dans la foule qui l'en-
toure;... j'entends qu'il désigne à un, de ses amis cet
hôtel, je l'y précède, et me voilà !..

GERMAIN.

Enfin, que prétendez-vous faire?..

JULES.

Mon projet va sans doute te paraître étrange;... mais
je veux, à quelque prix que ce soit, savoir les motifs
qui ont pu déterminer mon oncle à me faire mettre en
prison.

GERMAIN.

Je ne vois pas trop par quel moyen?..

JULES.

J'en ai un qui est tout-à-fait original;.. D'abord donne-
moi ton habit, et prends le mien en échange....

(8)

GERMAIN, *étonné.*

Je ne comprends pas...

JULES.

Je te fais officier sur-le-champ...

GERMAIN.

De bataille ?...

JULES.

Et moi je deviens domestique de cet hôtel...

GERMAIN.

Ceci passe la plaisanterie,... et je doute fort...

JULES.

Sois tranquille... Tâche seulement de bien jouer ton
rôle,... je réponds du reste... Allons, vite, ton habit...

GERMAIN.

Comment, monsieur, sérieusement vous exigez ..?

JULES.

Air de *l'Apothicaire.*

Quoi, te voilà tout interdit !
Obéis quand je te commande.

GERMAIN.

Je vais passer, sous cet habit,
Pour officier de contrebande.

JULES.

Allons, ne tremble pas, morbleu !
Qu'on voit de gens qui, j'imagine,
Pas plus que toi n'ont vu que le feu...

GERMAIN.

J'nai vu qu'celui de la cuisine.

JULES, *qui a passé l'habit de Germain.*

Voilà qui est fait... A présent je vais trouver la maîtresse de cette maison ;... je me fais passer à ses yeux
pour le domestique de mon oncle, dont j'annonce ici
l'arrivée, et aux yeux de mon oncle pour valet de cet
hôtel... Comme cela, j'écarte les soupçons,... j'écoute
la conversation du maréchal de Valcé..., je surprends
ses secrets,... et...

GERMAIN.

C'est ça !... Et si l'on nous reconnaît, l'oncle vous
gronde ;... puis s'il y a quelques coups de bâton à recevoir, mon dos paiera les frais de cette plaisanterie...

JULES.

Je t'en tiendrai compte... D'ailleurs, qui diable pourra nous découvrir sous notre déguisement?.. je n'ai confié mon projet à nul autre qu'à toi... Ma femme elle-même l'ignore;.. je l'ai laissée à Paris, quoiqu'elle eût le vif désir de m'accompagner... Ainsi, aucun obstacle ne se présentera, j'en suis sûr... Je descends auprès de l'hôtesse... Toi, reste là... surtout ne va pas nous compromettre.

GERMAIN.

Laissez-donc, monsieur,.. l'habit fait tout... Je me sens déjà plus à mon aise;.. les entournures me gênent un peu, pourtant...

JULES.

Air : *Quoi! c'est lui, etc.*

Parlons bas;
De ce pas,
Vite
Je te quitte.
Prends un plus noble maintien;
Ne crains rien.
Tout ira bien.

(Jules sort; Marie entre par la porte du cabinet à droite.)

SCÈNE IV.

GERMAIN, MARIE.

MARIE, *à part, sans voir Germain.*

Allons, tout est rangé là dedans,.. les pratiques peuvent venir à présent quand elles voudront. (*Apercevant Germain.*) Ah! voici déjà un officier. (*Haut.*) Monsieur désire-t-il quelque chose?..

GERMAIN, *avec importance.*

Ah! c'est toi, la p'tite!..

MARIE, *à part.*

La p'tite!.. tiens, il est familier, le militaire...

GERMAIN, *voulant l'embrasser.*

Sais-tu que tu es gentille?..

MARIE, *le repoussant.*

Air : *Autrefois je pleurais* (d'Étienne Théuard).

Monsieur, je le sais bien,
Mais je n'écoute rien,

Car je suis du canton
La plus sage, dit-on.
Jusqu'ici, par bonheur,
J'ai su garder mon cœur;
J'connais les amoureux,
Ce sont des enjoleux.   (*bis.*)
D'leurs discours je m'défie :
Quand il leur prend envie
De me trouver jolie,
Sans m'fâcher je réponds
A tous ces beaux garçons :   (*bis.*)
Monsieur je le sais bien,
Mais je n'écoute rien,
Car je suis du canton   (*bis.*)
La plus sage, dit-on.

GERMAIN.

Eh bien ! changeons de conversation... Est-ce qu'il n'y aurait pas possibilité de manger un morceau ?..

MARIE.

Quatre, si vous voulez, mon officier... Que faut-il vous servir ?..

GERMAIN.

Sers-moi quelque chose de froid,.. du pain,.. du fromage...

MARIE.

Pour un ?..

GERMAIN.

Non, pour trois... (*A part.*) Il faut soutenir mon rang... et mon appétit !..

MARIE.

Et quel vin ?.. Ordinaire ?..

GERMAIN.

Il est ordinairement mauvais... Donne-moi du Bordeaux...

MARIE.

Ça suffit... J'vas mettre la table,.

GERMAIN.

C'est inutile ;.. je déjeûnerai sur le pouce.

MARIE, *à part.*

Il n'salira pas la nappe... Pour un officier, il est frugal et pas fier... (*Haut.*) J'vas vous apporter ça... (*Apercevant Sophie.*) Tiens ! quelle est cette belle dame qui nous arrive ?...

GERMAIN, *à part en voyant Sophie.*

Ciel ! la femme de mon maître !... Nous sommes perdus...

SCÈNE V.

SOPHIE, GERMAIN.

SOPHIE, *à part.*

Je ne me trompe pas.., c'est bien Germain !..

GERMAIN, *bas à Sophie.*

Parlez bas, je vous en prie, madame...

SOPHIE.

Pourquoi ce mystère ?..

GERMAIN.

Vous saurez tout... Ne me trahissez pas...

MARIE, *à part.*

Il paraît qu'ils se connaissent... Retirons-nous...(*Haut à Germain.*) Monsieur, faut-il mettre un couvert de plus ? -

GERMAIN.

Non. Laisse-nous...

(-Marie sort.)

SCÈNE VI.

GERMAIN, SOPHIE.

SOPHIE.

A présent que nous sommes seuls.... que signifie ce déguisement ?.. Où est mon mari ?.. que fait-il ?..

GERMAIN.

Ah ! madame nous jette dans un fier embarras !..

SOPHIE.

Air: *A l'âge heureux de quatorze ans.*

-Mais as-tu perdu la raison ?

GERMAIN.

Vous n'comprenez rien à notr'ruse...
De cette auberg' votre époux est garçon ;

J'suis officier, si je n'm'abuse.
J'viens d'changer d'costume et d'emploi,
J'allais entrer en exercice....
Mais quoiqu' je sois au service du roi,
J'suis toujours à votre service.

SOPHIE.

Quel galimatias !.. As-tu perdu la tête ? Je veux enfin
que tu m'expliques plus clairement...

GERMAIN.

Tenez, voici votre mari...

SCÈNE VII.

LES MÊMES, JULES, *une serviette sous le bras.*

JULES, *avec surprise.*

Que vois-je ? ma femme !.. Et que viens-tu faire ici,
ma chère Sophie ?.. Comment as-tu pu découvrir notre
retraite ? Et pourquoi, malgré ma défense, as-tu quitté
Paris ? Mais je comprends,.. un sentiment de jalousie a
pu seul te déterminer, sans doute...

SOPHIE.

Air : *Faisons la paix.*

Pardonne moi.   (*bis.*)
Ma peine hélas était extrême !..
Je ne suis bien qu'auprès de toi...
On n'est jaloux que lorsqu'on aime.
Pardonne moi.   (*bis.*)

Je n'ai pu résister au désir d'apprendre le résultat de
ton entrevue avec le maréchal de Valcé, ton oncle...
J'espérais aussi le fléchir par mes larmes...

JULES.

D'un moment à l'autre, il peut venir dans cet hôtel..

SOPHIE.

A quoi bon prendre ce costume ?.

JULES.

C'était pour mieux l'épier... Mais à présent, il faut re-
noncer à notre projet...

SOPHIE.

Pourquoi cela ?

JULES.

Ta présence nous trahirait ;.. et puis, il n'est pas con-

(13)

venable que je te laisse ainsi toute seule dans une auberge
où d'un moment à l'autre tu peux être compromise...
Que faire?.. Ah! il me vient une idée!..

SOPHIE.

Quelle est-elle?

JULES.

Germain, dont la fidélité m'est connue, te servira de
mari...

GERMAIN, *avec surprise.*

De mari?.. En voilà une bonne!..

JULES.

Tu auras au moins auprès de toi quelqu'un qui pourra te
faire respecter. Germain me représentera...

SOPHIE.

Quelle folie!.

GERMAIN, *à Sophie.*

Est-ce que vous ne trouvez pas que j'aie une tête à re-
présenter tous les maris de la capitale, s'ils le voulaient
bien?...

JULES.

Tout ceci n'est qu'une plaisanterie, qui finira dans une
heure au plus...

SOPHIE.

Tu le veux?.. Allons! il faut bien y consentir...

GERMAIN.

Quant à moi,.. je consens...

JULES.

Nous sommes tous d'accord... Demeurez donc en ces
lieux.., et ne vous montrez aux yeux de mon oncle que
lorsqu'il en sera temps... Je crois l'entendre. Eh! vite!
eh! vite! entrez dans ce cabinet...

Air des *Couturières.*

Chut! chut! séparons nous.
Faisons silence,
Mon oncle s'avance.
Il nous faut filer doux...
Et par prudence
Eviter son courroux.

REPRISE ENSEMBLE.

Chut! chut! séparons nous, etc.

(Sophie et Germain entrent dans le cabinet qui est à gauche.)

SCÈNE VIII.

M. DE VALCÉ, D'HERMANCE, JULES, *dans le fond du théâtre.*

DE VALCÉ.

Vraiment, je ne reviens pas de ma surprise !.. A l'empressement que la maîtresse de la maison mettait à me recevoir, on aurait presque dit que j'étais attendu...

D'HERMANCE.

Je vois maintenant à qui tu es redevable de tant d'égards et de politesse...

DE VALCÉ.

Et à qui, s'il te plaît ?

D'HERMANCE.

Parbleu, à ton brillant habit de maréchal.

DE VALCÉ.

Pour me présenter devant sa majesté, il fallait bien me mettre en grande tenue...

JULES, *dans le fond, et à part.*

Je crois qu'il est temps de les aborder.. (*Haut.*) (*Il s'avance, et fait plusieurs saluts.*) Monsieur le maréchal !..

DE VALCÉ.

Encore un qui me connaît... Que nous veut ce garçon?..

JULES, *toujours saluant.*

Ma maîtresse m'envoie vers vous pour savoir si vous avez besoin de quelque chose ;.. elle m'a aussi attaché à votre service pour tout le temps que vous lui ferez l'honneur de rester chez elle...

DE VALCÉ.

Pour le coup, c'est trop fort... Tu diras à ta maîtresse que je la remercie de son aimable attention,... mais que je n'ai besoin de personne...

JULES.

C'est l'usage de cet hôtel, quand il y descend quelque grand personnage...

DE VALCÉ.

Alors, c'est différent,.. tu es à mon service ;.. attends un instant.

JULES, *se retirant à l'écart.*

Oui, monsieur le maréchal.

D'HERMANCE.

Eh bien ! mon ami , ton costume a produit son effet;..
et tu serais venu ici en simple bourgeois, qu'on n'aurait
pas pris garde à toi... On juge toujours les gens sur
l'habit...

Air : *Mon galoubet.* .

A leur habit   (*bis.*)
Que de gens doivent leur noblesse.
Tout leur mérite et leur crédit.
Et lorsqu'on leur fait politesse ,
Ils ne voient pas que l'on s'adresse
A leur habit.   (*bis.*)

Sans un habit   (*bis.*)
Oui nous naissons , tout nous l'atteste...
Pour se tromper chacun se travestit.
La mort arrive , et bientôt d'un seul geste ,
Le masque tombe . et l'homme reste
Sans un habit.   (*bis.*)

Ah çà, mon ami, qui t'amène à Versailles quand je te
croyais encore à Bordeaux,.... et qui nous procure le
plaisir de ta visite inattendue à la cour ?...

DE VALCÉ.

Mon neveu, qui fait des siennes à Paris.

JULES, *à part.*

Nous y voilà...

DE VALCÉ. —

C'est un fou, un écervelé... dont j'ai payé vingt fois les
dettes...

JULES, *à part.*

Ça c'est vrai...

DE VALCÉ.

Ne lui est-il pas venu à l'idée de se marier!... A dix-
huit ans!... Je le lui avais pourtant formellement dé-
fendu... Lui-même me l'avait promis... Pour le récom-
penser de cet acte de soumission, je m'étais chargé de
son établissement,... de le prendre auprès de moi comme aide-de-camp,... et, en sa qualité d'unique héritier,
je voulais après ma mort lui laisser ma fortune... Eh
bien! l'ingrat a trahi toutes ses promesses... Il s'est
marié sans m'en prévenir, et a contracté une union

disproportionnée sans doute... car il n'a jamais osé
m'avouer le nom ni le rang de celle qu'il a épou-
sée....

D'HERMANCE.

Et tu penses lui faire entendre raison... C'est un peu
tard!...

DE VALCÉ.

Oh! une bonne prison, en me vengeant de son man-
que de procédés envers moi, vaudra bien tous les sermons
que je pourrais lui faire...

JULES, à part.

On ne m'avait pas trompé...

D'HERMANCE.

Cependant si cette union a été célébrée solënnelle-
ment!...

DE VALCÉ.

Aussi n'est-ce pas là le prétexte dont je veux profiter...

JULES, à part.

Il paraît que ça se complique...

DE VALCÉ.

Je ferai valoir un motif plus puissant auprès de sa majesté... Je me rappelle que Jules est très-lié avec un jeune
poète qui a fait dernièrement des vers satiriques contre
le roi... L'auteur médite, en ce moment, à la Bastille sur
les dangers de l'art poétique... Je sais de plus que Jules
entretient une correspondance suivie avec le prisonnier...
Je m'arme de cette correspondance coupable contre mon
neveu, et comme j'ai beaucoup de crédit à la cour, je ne
doute pas d'obtenir une lettre de cachet en bonne et due
forme... Voilà pourquoi je suis venu incognito à Versailles... Sa majesté reçoit aujourd'hui à deux heures... J'ai
sollicité une audience particulière, qu'elle m'a accordée
sur-le-champ...

JULES, à part.

Diable! il est une heure, il n'y a pas un moment à
perdre.

DE VALCÉ.

C'est que je ne plaisante pas sur le chapitre des con-
venances... Mais, en attendant, il faut nous dépêcher de

dîner... (*A Jules.*) Dis-moi, mon garçon,... comment t'a-
pelles-tu ?...

JULES, *embarrassé.*

Moi, monsieur le maréchal,.... je me nomme....
(*A part.*) Allons ! bon ! voilà que je n'ai pas pensé à me
baptiser...

DE VALCÉ.

Est-ce que tu as oublié ton nom ?...

JULES, *après avoir réfléchi.*

Je me nomme François...

DE VALCÉ.

Eh bien, François, va commander notre repas, et surtout fais-nous servir promptement... Mais comme te voilà
pâle...

D'HERMANCE.

En effet, je le trouve changé...

JULES.

Ce n'est pas étonnant,... j'ai oublié de déjeûner ce
matin... (*Il sort.*)

SCÈNE IX.

DE VALCÉ, D'HERMANCE.

DE VALCÉ.

Décidément, ce garçon-là n'a pas de mémoire... (*Regardant à sa montre.*) Nous avons encore une heure à
nous... Passons dans ce cabinet,... et à table, nous par-
lerons de notre vieille amitié,... nous entrerons dans
quelques détails de notre vie privée depuis notre longue
séparation... A propos ! es-tu marié ?

D'HERMANCE.

Pas encore.

DE VALCÉ.

C'est comme moi, je suis toujours garçon.

D'HERMANCE.

Moi, cependant j'étais sur le point de me marier...
Depuis six mois je faisais une cour assidue à une aimable
et jolie personne, la fille du colonel d'Olban, dans laquelle j'avais reconnu des vertus et des qualités, lorsque
je fus supplanté par un jeune officier qui l'épousa...
J'aurais voulu voir mon rival pour lui disputer ma con-
quête... mais je n'ai jamais pu le rencontrer...

DE VALCÉ.

D'Olban ?... Mais je connais ce nom...

D'HERMANCE.

C'est celui d'un de nos amis communs...

DE VALCÉ

Je ne savais pas qu'il eût une fille...

D'HERMANCE.

Sophie était un ange, mon cher...

DE VALCÉ.

Qui t'aurait peut-être fait donner au diable... Allons, un verre de Champagne t'étourdira sur cette petite infortune... Mais que nous veut François ?...

SCÈNE X.

LES MÊMES, JULES.

JULES, *entrant, une lettre à la main.*

Monsieur le maréchal, c'est une lettre qu'on vient d'apporter pour vous...

DE VALCÉ.

Une lettre ?... Qui diable peut m'écrire ? Comment at-on pu découvrir mon adresse ?... Impossible de garder un instant l'incognito... Il n'y a que Belval qui sache mon séjour à Versailles... (*Jetant les yeux sur la lettre.*) Précisément elle est de lui... Voyons ce qu'il me mande... (*Lisant.*)

« Mon cher ami, ton neveu a appris ton arrivée à Pa-
» ris... Il est à ta poursuite... Il sait que tu es à Versailles,
» et t'y a suivi. »

JULES, *à part.*

Je suis trahi !...

D'HERMANCE.

Hein ! comme les neveux ont le nez fin !

DE VALCÉ.

Oui ; mais le mien n'a qu'à paraître... je le recevrai bien...

JULES, *à part.*

Le voilà plus en colère que jamais !...

DE VALCÉ.

Ah ! monsieur mon neveu pense sans doute me retenir.... et m'empêcher de profiter de mon audience particulière... Il sera bien habile, s'il y parvient...

JULES, *à part.*

C'est ce que nous verrons...

D'HERMANCE.

Au moins tu prendras bien le temps de dîner...

DE VALCÉ.

Tu as raison... Il faut nous hâter...

Air : *Je regardais Madelinette.*

Allons, François, l'heure s'avance...
Il faut nous servir promptement...
Songe bien que mon audience
Ne souffre pas d'ajournement.   (*bis.*)
De mon neveu je me délivre..,
Je veux, décidant de son sort,
Dans un cachot l'envoyer vivre.

JULES.

Monsieur vous voulez donc sa mort?

REPRISE ENSEMBLE.

(De Valcé et d'Hermance entrent dans le cabinet à droite.)

SCÈNE XI.

JULES, SOPHIE, GERMAIN.

JULES.

Eh! arrivez donc,... vous autres!...

SOPHIE.

Eh bien, qu'y a-t-il de nouveau, mon ami?...

JULES.

Mon oncle sait que je suis ici,... et dans un moment il va se faire délivrer la lettre de cachet...

SOPHIE.

Ah! mon Dieu!

GERMAIN.

Connaît-il aussi votre déguisement?... C'est que je ne serais pas trop rassuré...

JULES.

Il ne s'en doute pas encore... Mais il est pressé de se rendre chez le roi;... il faudrait l'en empêcher par quel-

que moyen adroit... (*Après avoir réfléchi quelques mo-
ments.*) Oh ! la bonne idée !

GERMAIN.

Vous avez une idée ?..

JULES.

Germain, dis-moi ; as-tu du courage ?

GERMAIN.

C'est selon...

JULES.

Te sens-tu le cœur de chercher dispute à quelqu'un
sur un motif en l'air ?

GERMAIN.

Où tend ce préambule ?...

SOPHIE.

Où en veux-tu venir ?..

JULES.

Réponds-moi... T'es-tu jamais battu ?..

GERMAIN.

Quelquefois...

JULES.

En ce cas, tu vas chercher querelle à mon oncle... Tu
te laisses insulter,... et tu l'appelles en duel...

SOPHIE.

Comment, tu exiges qu'il provoque ton oncle, et qu'il
se batte avec lui !.. Je ne le souffrirai pas...

JULES.

Il n'y a que ce moyen de lui faire manquer son rendez-vous... Mon oncle est militaire et homme d'honneur ;
ainsi...

GERMAIN.

Oui ; mais moi qui ne suis ni l'un ni l'autre,... je re-
fuse... Je suis à votre service, c'est vrai ;... mais aller exposer ma vie !.. ça n'entre pas dans mes gages...

JULES.

Et qui te parle d'exposer ta vie ! Est-ce que je ne suis
pas là, moi ? Crois-tu que je t'abandonnerai ?... C'est
seulement pour gagner du temps...

GERMAIN.

C'est pour ça ?... Alors je me risque... Mais arrivez à
temps, au moins... Je ne vous promets pas d'avoir du
courage plus de cinq minutes...

(21)

Air : *J'en guette un petit de mon âge.*

Quelle arme enfin faut-il que je choisisse?

JULES.

Parbleu! l'épée ou bien le pistolet.

GERMAIN.

Au pistolet je suis encore novice...
Je n'ai jamais manié le fleuret.
Aux coups de poing je suis plus à mon aise.

JULES.

En France ainsi l'on ne se bat jamais.

GERMAIN.

Dans un combat entre Français,
Je n'connais qu'la manière anglaise.

JULES.

Elle est indigne de l'habit que tu portes...

SOPHIE.

Germain fera quelque gaucherie, c'est sûr,... et ton
oncle verra tout de suite à qui il a affaire.

GERMAIN.

Ah! quand il s'agit d'être insolent, madame, je suis
bon là... A propos, s'il me demande mon nom, que lui
dirai-je?...

JULES.

Prends un nom de guerre,.. le premier venu...

GERMAIN.

Ou un nom de terre... M. le comte de Terre-Neuve,
par exemple...

JULES.

Comme tu voudras... J'entends mon oncle;... éloi-
gnons-nous;... et toi, Germain, à ta réplique.

Air : *Il faut qu'on s'amuse.*

Tout me le présage ,
Tu réussiras.....
Allons, du courage !
Ne recule pas....

GERMAIN.

J'veux m'montrer habile
Dans mes deux rôl's aujourd'hui..

Mais le plus facile,
C'est celui d'mari...

RÉPRISE.

(Ils sortent, à l'exception de Germain.)

SCÈNE XII.

GERMAIN, DE VALCÉ.

DE VALCÉ, *sortant du cabinet.*

Voyez un peu si l'on nous servira... Ces gens-là ont juré de me faire mourir d'impatience et de faim... C'est que je ne veux pas laisser échapper l'occasion de punir monsieur mon neveu... Plus que trois quarts d'heure !.. Ah ! il espionne mes pas et mes démarches !.. (*Apercevant Germain.*) Quel est cet officier ? Serait-ce un de ses amis, par hasard ?

GERMAIN, *à part.*

Voici notre homme... Je ne sais comment diable m'y prendre... Quand on n'a pas l'habitude d'avoir du courage... ça gêne...

DE VALCÉ.

Abordons-le ;.. il pourra me donner des renseignements sur mon neveu...

GERMAIN, *à part.*

Qu'a-t-il donc à me dévisager ?..

DE VALCÉ, *saluant.*

Monsieur, j'ai bien l'honneur de vous saluer.

GERMAIN, *lui rendant son salut.*

Monsieur, je suis votre humble valet... (*A part.*) Il est poli... Ça commence mal...

DE VALCÉ.

Monsieur est officier, à ce que je vois...

GERMAIN, *avec importance.*

Mais oui...

DE VALCÉ.

Je ne me rappelle pas avoir aperçu monsieur à la revue ce matin...

GERMAIN.

J'étais pourtant assez en évidence,... sur un cheval chocolat magnifique...

DE VALCÉ.

Y a-t-il long-temps que vous êtes militaire ?

GERMAIN.

Dix ans environ...

DE VALCÉ.

Vous paraissez bien jeune encore....

GERMAIN.

Air du *Verre*.

J'suis jeune encor, sans contredit,
Mais la valeur, aux âm's bien nées,
Comme un grand poète l'a dit,
N'attend pas l'nombre des années.
Dès mon enfance je servis;
L'destin me fut assez propice...
Dans notr' famill' de père en fils,
Nous entrons d'bonne heure en service.

DE VALCÉ.

Au service, vous voulez dire ?...

GERMAIN.

C'est juste ;.. ma langue a tourné... Un *lapsus linguæ*...

DE VALCÉ.

Dites-moi, monsieur, dans le régiment où vous êtes,..
vous ne connaîtriez pas un jeune officier,... fou,... extra-
vagant....

GERMAIN.

Voilà un signalement bien vague... Il y en a tant chez
nous... Son nom ?

DE VALCÉ.

Jules de Valcé.

GERMAIN.

Jules de Valcé ?... C'est mon intime,... mon Pilade...
Nous avons fait nos premières armés ensemble dans la
dernière guerre...

DE VALCÉ.

Mais voilà quinze ans que nous sommes en paix...

GERMAIN.

Je veux parler de la petite guerre que nous simulâmes,
le mois dernier, dans une plaine, aux environs de Saint-
Cloud ;... j'y fus même blessé...

DE VALCÉ.

Grièvement ?...

GERMAIN.

Non ; une simple égratignure... J'ai failli être tué... La

bourre d'un canon, tiré à bout portant, vint me frapper juste au beau milieu de l'estomac,... ce qui me donna un point de côté atroce... Mais, pour revenir à mon ami, c'est un très-bon soldat,... rempli de bravoure... Un gaillard qui fera son chemin,... si on ne l'arrête pas...

DE VALCÉ.

En qualité d'ami, vous faites son éloge... Cependant les rapports s'accordent à dire que c'est un assez mauvais sujet....

GERMAIN.

Les rapports en ont menti..(*A part.*) Je crois que voilà le moment de me mettre en colère...

DE VALCÉ.

On ajoute même qu'il est querelleur...

GERMAIN,

C'est faux !..

DE VALCÉ.

Emporté !..

GERMAIN.

Il est vrai qu'il a le malheureux défaut de battre ses gens...; mais une fois la main tournée, il n'y pense plus...,

DE VALCÉ.

De plus, qu'il est joueur,.. débauché...

GERMAIN.

Ce sont des calomnies.

DE VALCÉ.

Je suis payé pour le croire...

GERMAIN.

Cessez devant moi ces épithètes incohérentes..; elles me blessent...

DE VALCÉ.

Que m'importe ?..

GERMAIN, *à part.*

Bon ! cela va à merveille !

DE VALCÉ.

Personne ne m'empêchera de dire ma façon de penser sur son compte..; j'en ai le droit...

GERMAIN.

Peut-être ?..

DE VALCÉ.

Mais vous le prenez sur un ton...,

GERMAIN.

Un peu haut, n'est·ce pas ?..

DE VALCÉ.

Auriez-vous l'intention de me provoquer ?..

GERMAIN.

J'en ai provoqué bien d'autres dans ma vie militaire...
Le comte de Terre-Neuve est connu dans l'armée...

DE VALCÉ.

Ah ! monsieur est noble ?..

GERMAIN.

Oui, monsieur, par les femmes.... Ma mère était une
Terre-Neuve...

DE VALCÉ.

Je ne vous en fais pas compliment....

GERMAIN.

Vous m'insultez !..

Air de *Wallace.*

Redoutez ma colère ;
Monsieur, changez de ton !
De cet affront, j'espère,
Vous me rendrez raison.

DE VALCÉ.

A l'insulte il joint la menace.

GERMAIN.

Allons ! suivez-moi de ce pas...

DE VALCÉ.

Me manquer ainsi !.. quelle audace !

GERMAIN.

Sur l'terrain je n'vous manqu'rai pas.

REPRISE ENSEMBLE.

DE VALCÉ.

Votre arme ?

GERMAIN.

L'épée.... (*A part.*) Ah ! mon Dieu, je commence à
trembler...

DE VALCÉ.

Ça suffit !..

GERMAIN, *à part.*

J'ai peut-être été trop loin ?..

DE VALCÉ.

Dans une heure, je suis à vous....

GERMAIN.

(*A part.*) Ah ! je respire !.. (*Haut.*) Non pas, monsieur,
tout de suite ;... je n'aime pas à temporiser... (*A part.*)
S'il allait me prendre au mot... Et M. Jules, qui me laisse
là !.. Allons vite le retrouver... (*Haut.*) Je vais écrire à
ma femme.., et vous rejoins à l'instant...

DE VALCÉ.

Ah ! monsieur est marié ?..

GERMAIN.

Et à la fille d'un noble, encore !.. Sophie d'Olban...,
rien qu'ça !..

DE VALCÉ, *avec surprise.*

Qu'entends-je ?.. vous seriez le mari.. ?

GERMAIN.

Qu'y a-t-il d'étonnant ?.. Est-ce que j'ai l'air d'un
garçon... ou d'un veuf ?..

SCÈNE XIII.

LES MÊMES, D'HERMANCE.

D'HERMANCE.

Qu'est-ce donc ?.. d'où vient ce bruit ?.. on dirait qu'on
se dispute ici...

DE VALCÉ.

C'est monsieur à qui je veux donner une petite leçon...

D'HERMANCE.

Comment ! un duel ?.. Explique-moi, mon ami...

DE VALCÉ.

Monsieur m'a insulté... (*Bas à d'Hermance.*) Et tiens !
c'est précisément le mari de Sophie d'Olban.., ton an-
cienne passion...

D'HERMANCE, *bas à de Valcé.*

Pas possible !.. La rencontre est singulière ;.. tu devrais
bien me céder ta place...

GERMAIN.

Allons, monsieur, je vous attends ;.. sortons...

D'HERMANCE.

Un instant, monsieur !..

GERMAIN.

Ne cherchez pas à nous retenir...

DE VALCÉ.

Je vous répète que dans ce moment il m'est impossible de vous donner satisfaction...

D'HERMANCE.

Mon ami dit vrai... Une affaire importante, et qu'il ne peut ajourner, l'appelle au château...

GERMAIN.

Subterfuge que tout ceci... J'en suis fâché ;.. mais je n'ai pas, comme monsieur, l'habitude de remettre les affaires d'honneur...

Air : *Aux beaux jours.*

Dans mon régiment,
Des brav's je suis l'modèle.
D'vant l'enn'mi souvent
J'fis preuv' de dévoûment.
Quand un freluquet
Vient me chercher querelle,
J'sais d'un coup d'briquet
Rabattre son caquet.

D'HERMANCE.

Mais écoutez au moins
La raison, je vous prie.

GERMAIN.

J'vais chercher mes témoins,
Et dans peu je vous r'joins.
Sur le point d'honneur,
J'n'entends pas raillerie...
Monsieur fit le railleur ;
Ça lui port'ra malheur.
J'oppos', dans mon dépit,
En pareille équipée,
A la pointe d'esprit,
Une pointe d'épée...
S'il a l'esprit malin...
Moi j'ai le jeu plus fin.   (*bis.*)

REPRISE.

D'HERMANCE.

Eh bien ! monsieur, puisque vous tenez tant à vous battre...

DE VALCÉ.

D'Hermance, que vas-tu faire?..

D'HERMANCE.

Accompagner monsieur sur le terrain...

GERMAIN.

Comme témoin ?..

D'HERMANCE.

Non ; mais comme votre adversaire...

GERMAIN, *à part.*

Qu'est-ce qui lui prend donc à celui-là?

D'HERMANCE.

Il y a d'ailleurs assez long-temps que je désirais me mesurer avec vous...

GERMAIN.

Je ne comprends pas...

D'HERMANCE.

Nous avons un ancien compte à régler ensemble...

GERMAIN.

Je ne dois rien à personne... (*à part*), pas même au marchand de vin...

D'HERMANCE.

Et puisque vous êtes l'heureux époux de mademoiselle d'Olban.., c'est à moi que vous allez avoir à faire...

GERMAIN, *à part.*

Diable ! je ne m'attendais pas à celle-là...

D'HERMANCE.

Vous serez libre après d'aller vous couper la gorge avec mon ami...

GERMAIN.

Je n'y tiens pas...

D'HERMANCE.

Cela vous fera prendre patience...

GERMAIN.

Je ne suis pas pressé...

D'HERMANCE.

Eh bien ! marchons-nous ?..

GERMAIN.

Eh ! que diable !.. vous me poussez l'épée dans les reins ;.. donnez-moi le temps de me consulter...

D'HERMANCE.

Très - volontiers... Nous allons vous laisser réfléchir tout à votre aise ;.. mais rappelez-vous que vous trouve-

rez toujours en moi ou mon ami , quelqu'un qui saura
vous répondre et calmer cette humeur martiale...

DE VALCÉ.

A la bonne heure... Je vois avec plaisir que monsieur
devient plus raisonnable...

GERMAIN, *à part.*

On le deviendrait à moins...

D'HERMANCE.

Viens, mon cher de Valcé ;.. il ne faut pas faire attendre
monsieur...

GERMAIN.

Ne vous pressez pas de manger ;.. je sais vivre...

D'HERMANCE.

Air : *la Nuit porte conseil.*

Il faut avec gaîté
Tous deux aller nous mettre à table ;
Monsieur est plus traitable.

GERMAIN, *à part.*

J'suis pourtant le plus mal traité.

REPRISE.

(D'Hermance et de Valcé rentrent dans le cabinet.)

SCÈNE XIV.

GERMAIN, JULES, SOPHIE.

GERMAIN.

Venez donc à mon secours , ou c'est fait de moi.

JULES.

Eh bien ! comment mon oncle a-t-il reçu ta proposi-
tion ?..

GERMAIN.

Il a assez bien pris la chose...

SOPHIE.

Et il ne se doute de rien ?

GERMAIN.

De rien... Mais impossible de lui faire retarder l'heure
de son rendez-vous...

JULES.

Cela m'étonne !..

GERMAIN.

Il a accepté mon défi, mais après son audience...

JULES.

Il fallait le pousser à bout,... ne pas paraître céder...

GERMAIN.

C'est bien ce que j'ai fait;... mais voyant mon impatience, un de ses amis, sous le prétexte que j'étais le mari de votre femme, s'est offert de le remplacer, et de me tuer par procuration,... en attendant que votre oncle m'achève;... ainsi me voilà entre deux feux... Jolie commission que vous m'avez donnée là!..

JULES.

Que faire?... Je ne sais plus à quel saint me vouer... *(On entend sonner.)* Allons, bon! voilà mon oncle qui m'appelle...

GERMAIN.

On y va!.... Ah! que je suis bête!... Ce que c'est que l'habitude!

SOPHIE.

Va vite,... il s'impatiente...

JULES.

Air de *Zoraïde.*

Je crains tout de sa colère...
A présent je désespère...
Que devenir
Et que faire?..

GERMAIN.

Le plus court est de partir.

ENSEMBLE.

Je crains tout de sa colère.

SCÈNE XV.

LES MÊMES, MADAME BLANCHET.

MADAME BLANCHET.

Eh bien, monsieur François, vous êtes donc sourd? Vous n'entendez pas votre maître qui sonne?... Tenez, voici d'abord le potage ;... portez-le lui... Prenez garde de renverser surtout !...

JULES, *à part.*

Quel embarras !.... Ah ! j'y pense !... Un dernier moyen !... (*Il entre précipitamment dans le cabinet.*)

SOPHIE, *bas à Germain.*

Encore quelque extravagance !...

GERMAIN, *bas à Sophie.*

Cette fois, je ne suis pas éditeur responsable...

(On entend un grand bruit dans le cabinet.)

MADAME BLANCHET.

Ils se disputent, je crois... M. François aura fait quelque bévue....

SOPHIE, *bas à Germain.*

Ah, mon Dieu ! son oncle l'aura reconnu !...

GERMAIN.

Gare la bombe !...

MADAME BLANCHET.

Ils viennent de ce côté...

GERMAIN.

Sauve qui peut !

(Sophie et Germain sortent.)

MADAME BLANCHET.

Les voici... Ma foi, je me sauve aussi...

(Elle sort.)

SCÈNE XVI.

JULES, DE VALCÉ.

DE VALCÉ, *en colère.*

Butor ! maladroit !.. Me renverser le potage sur moi !.. Me voilà propre, à présent... Je ne sais qui me retient !..

Air : *Ah ! j'étouffe de colère !*

La colère me transporte !
Quoi ! m'inonder de la sorte !
Maladroit ! c'est affreux !
Sur-le-champ quitte ces lieux.
Avec raison je me fâche ;
Mon habit, toujours sans tache,

Avait , jusqu'à ce jour ,
Su se montrer à la cour...

Il l'a fait exprès je parie.
Peut-on être plus mal servi ?
A l'instant je te congédie.

JULES, *à part.*
Enfin ma ruse a réussi.
(*Haut.*)
Excusez mon étourderie ;
Calmez, monsieur, votre dépit.
(*A part.*)
Tâchons du moins avec esprit
D'enlever la tache et l'habit.

REPRISE.

DE VALCÉ.
Je n'en ai pas évité une goutte.

JULES, *à part.*
Maintenant , tâchons de le déshabiller. (*Haut.*)
Mais tout peut se réparer... Si monsieur le maréchal
voùlait me confier son habit pendant dix minutes ; j'ai
ici près un de mes amis dégraisseur, dans la grande rue,
qui fera promptement disparaître cette tache...

DE VALCÉ.
Mais, imbécile , en ai-je le temps !.. L'heure de mon
rendez-vous approche,... et dix minutes c'est un siècle...

JULES.
Je vous le rends dans cinq...

DE VALCÉ.
Tu me le promets ?.. Allons, puisque je ne puis faire
autrement,... tiens, voici mon habit. (*Il ôte son habit.*)
Songe qu'il me le faut dans cinq minutes...

JULES.
Je vous le jure ,... je le rapporterai plutôt avec la tache. (*Il prend l'habit de Valcé.*) (*A part.*) Enfin je le
tiens !... mon oncle est mon prisonnier. (*Il se sauve à
toutes jambes.*)

DE VALCÉ.
Pourvu qu'il se dépêche ! (*Regardant à sa montre.*)
Comme les minutes s'écoulent !

SCÈNE XVII.

DE VALCÉ, *en manches de chemise;* GERMAIN.

GERMAIN, *à part.*

Le maréchal en chemise!... Que signifie...? Continuons toujours mon rôle... Je ne risque rien...

DE VALCÉ.

(Il se promène en long et en large sur le devant de la scène,
d'un air mécontent.)

Ah! c'est vous, monsieur.

GERMAIN.

Je viens voir enfin si vous êtes décidé à me suivre...
Je vous attends... Allez mettre, je vous prie, un habit
plus décent.

DE VALCÉ, *toujours vexé.*

S'il me convient d'être ainsi...

GERMAIN.

Air du *Premier Prix.*

Quoi! vous allez dans ce costume,
Vous rendre avec moi sur l'terrain ;
Vous pourrez attraper un rhume;
Je vous préviens que c'nest pas sain.
Si vous le voulez, qu'à c'la n'tienne !
Monsieur, je ne vous force pas...
Cela vous évit'ra la peine,
Pour vous battr' de mettre habit bas...

DE VALCÉ.

Monsieur me raille, je crois.

GERMAIN.

Il paraît que vous avez trop chaud....

DE VALCÉ.

(*A part.*) Je grelotte. (*Haut.*) Quelle situation !..
Voyez un peu s'il reviendra !...

GERMAIN.

Qui?

DE VALCÉ.

Parbleu, mon habit!.

GERMAIN.

Vous l'avez envoyé en course?... Pur prétexte... Vous

3

pouvez bien passer une robe de chambre... Je vais chercher mes armes...

(Germain sort.)

SCÈNE XVIII.

DE VALCÉ; *un peu après* D'HERMANCE.

DE VALCÉ.

Il se moque de moi encore!... Ah, il me le paiera
cher!...

D'HERMANCE.

Que diable fais-tu donc là, mon ami, en manches de
chemise ?.... Deux heures viennent de sonner..:

DE VALCÉ.

Deux heures ?.. Je suis perdu !..

D'HERMANCE.

Mais où est ton habit ?..

DE VALCÉ, *à part.*

A l'autre, à présent !..

D'HERMANCE.

Que t'est-il-arrivé ?..

DE VALCÉ.

Je suis furieux !..

D'HERMANCE.

Contre qui en as-tu ?

DE VALCÉ.

Contre ce maudit valet, qui m'a couvert de taches ..,
et qui vient d'emporter mon habit chez le dégraisseur...
Voilà une heure qu'il le garde...

D'HERMANCE.

Quelle imprudence !.. confier ton uniforme à un homme
que tu ne connais pas !.. C'est quelque fripon, peut-être...
qui se sera introduit auprès de toi pour mieux te dépouiller;.. ton habit en vaut la peine...

DE VALCÉ.

En effet, tu m'y fais songer !.. Je vais appeler la maîtresse... (*Appelant.*) Madame Blanchet !.. Ah! mon Dieu!
me voilà bien !.. Madame Blanchet !..

SCÈNE XIX.

LES MÊMES, MADAME BLANCHET.

MADAME BLANCHET.

On y va! on y va!..Qu'est-ce?.. qu'y a-t-il pour votre service?..

DE VALCÉ.

Votre domestique n'est pas revenu?..

MADAME BLANCHET.

C'est-à-dire, le vôtre... Moi, je n'ai qu'une fille d'auberge...

DE VALCÉ.

Comment! François n'est pas..?

MADAME BLANCHET.

Non, monsieur... c'est le vôtre...

D'HERMANCE.

Quand je te le disais!..

MADAME BLANCHET.

C'est lui qui m'a annoncé votre visite... Il m'a dit que vous aviez l'habitude de ne vous faire servir que par lui...

DE VALCÉ.

Je suis volé!

MADAME BLANCHET, *étonnée*.

Volé?

DE VALCÉ.

Il s'est emparé de mon habit...

MADAME BLANCHET.

De vive force?..

D'HERMANCE.

Voyez, madame!... il est peut-être encore temps... Appelez tous vos gens.., courez.., cherchez...

DE VALCÉ.

Et le roi qui m'attend!..

MADAME BLANCHET.

Le roi?.. il vient de partir pour la chasse;.. je viens de voir dans la grande rue passer les chiens et les gardes-du-corps, qui suivaient sa voiture...

DE VALCÉ.

Il ne me manquait plus que cela!...

Air du *Logeur*.

ENSEMBLE.

Courons après le coupable ;
Il ne peut être loin d'ici...
Quel front ! quelle adresse incroyable !
Oser me dépouiller ainsi....

SCÈNE XX.

LES MÊMES, JULES, GERMAIN.

(Ils ont repris leur premier costume.)

JULES.

Arrêtez ! monsieur le maréchal, voici votre habit...

DE VALCÉ.

Comment se fait-il ?. . Mais je ne me trompe pas ?...
c'est lui ! c'est François... (*Reconnaissant Germain.*) Et
monsieur est l'officier qui tout-à-l'heure encore... Que
signifie ce déguisement ? Je suis dupe ici de quelque ruse
infernale...,

JULES.

Vous allez tout savoir : promettez-moi de ne pas vous
emporter.

DE VALCÉ.

Parlez ! Mais parlez donc, monsieur!

JULES.

Vous vouliez faire mettre votre neveu à la Bastille....
Vous aviez une audience du roi :... il fallait vous retenir
en ces lieux pour gagner du temps... Vous savez le
reste.

DE VALCÉ.

Ah! je comprends tout maintenant.... Et qui êtes-
vous, monsieur, le complice de mon neveu sans doute ?

JULES.

Mieux que ça,... votre neveu lui-même, qui vient im-
plorer son pardon à vos genoux...

TOUS, *étonnés.*

Son neveu...

DE VALCÉ.

Jules ?... Est-il bien possible ?

JULES.

Je sais que j'ai mérité votre colère...

DE VALCÉ.

Non, monsieur, n'espérez pas me fléchir... Me jouer un tour semblable !... me faire insulter... par un domestique !...

JULES.

Si vous saviez combien il m'en a coûté pour vous tromper ainsi.

D'HERMANCE.

Allons, mon cher de Valcé, l'aventure est trop originale pour lui garder rancune ; et puisque l'heure de ton rendez-vous est passée...

DE VALCÉ.

Je lui pardonnerais volontiers s'il était libre encore... Mais se marier malgré ma défense...

JULES.

Si vous connaissiez ma femme ;... comme elle est douce, aimable et jolie...

DE VALCÉ.

Je ne veux pas la voir... Et où est-elle ?

JULES.

Ici, mon oncle...

DE VALCÉ.

Ah ! elle était aussi dans la conspiration !...
JULES *va à la porte du cabinet où est Sophie, et appelle.*
Viens ! viens ! N'aie pas peur...

SCÈNE XX.

LES MÊMES, SOPHIE.

DE VALCÉ, *à d'Hermance.*
La fille d'un petit marchand, sans doute ?...

JULES, *à Sophie, qui entre.*
Allons, du courage !

D'HERMANCE, *la reconnaissant.*
Que vois-je ?.. Sophie d'Olban ?...

DE VALCÉ, *avec étonnement.*
Sophie d'Olban !... Serait-il vrai ?... (*A d'Hermance.*)
Celle dont tu me parlais ce matin ?...

SOPHIE, *apercevant d'Hermance.*
M. d'Hermance ici...

D'HERMANCE.
Elle est encore plus jolie qu'autrefois.
SOPHIE, *allant se jeter aux pieds de Valcé.*
Ah ! monsieur !...

Air de *Zampa.*

Je me hasarde, à mon tour,
A braver votre colère ;
Nous promettons en ce jour
De ne jamais vous déplaire.
D'époux heureux
Comblez les vœux ;
Dans ce moment
Soyez clément.
Je me hasarde à mon tour, etc.

DE VALCÉ.
Relevez-vous, madame... Mon ami que voilà m'avait
déjà dit beaucoup de bien de vous... Vous avez en lui un
très-bon avocat...

SOPHIE, *baissant les yeux et faisant la révérence.*
Monsieur est trop honnête...
DE VALCÉ.
Et en vous voyant, je m'aperçois que ses éloges n'é-
taient pas outrés... Je ne puis qu'approuver le choix qu'a
fait mon neveu ;... mais pourquoi m'avoir fait si long-
temps un mystère :... nous nous serions évité mutuelle-
ment bien des petits désagréments. Allons, qu'il ne soit
plus question de cette affaire... Jules, je t'emmène, toi
et ta femme, à Bordeaux.
JULES ET SOPHIE.
Mon oncle, que de bontés !...
DE VALCÉ.
D'Hermance nous accompagnera.
D'HERMANCE.
Très-volontiers.
DE VALCÉ.
Mais avant de partir, je veux rendre une visite au roi
pour m'excuser auprès de lui, et pour lui raconter en
même temps cette aventure.
JULES, *à Germain.*
Et toi, Germain, tu ne dis rien...

GERMAIN.

J'attends qu'on me pardonne aussi.

DE VALCÉ.

J'oublie le passé;... mais à l'avenir sois moins insolent...

GERMAIN.

Cela sera difficile,... j'ai repris mon habit.

VAUDEVILLE.

GERMAIN.

Air des *Anguilles.* (Mazauiello.)

Plus d'un parvenu, j'imagine,
Changeant de langage et de ton ,
A dù passer par la cuisine
Avant d'entrer dans le salon.
Oui, dans un palais tout se cache
Sous le costume et le crédit.
On couvre si bien une tache ,
En faisant broder son habit.

D'HERMANCE.

Par les lois, les arts et la guerre ,
Nous avons brillé , sans rivaux;
Nous nous attirons la colère
Des autres peupl's encor nouveaux ;
S'ils voulaient, dans leur arrogance ,
Conquérir notre beau pays ,
Sur le dos des enn'mis d'la France .
Nous irions battre les habits.

MADAME BLANCHET.

Toujours la cour est encombrée
De valets sans condition ;
A la couleur de leur livrée ,
On peut voir leur opinion ;
Sans peine chacun d'eux se range
Du côté que le soleil luit :
Et quand un gouvernement change ,
Ils font retourner leur habit.

DE VALCÉ.

Aujourd'hui, bravant le scandale ,
Des marquis, des ducs , des barons ,

Font vendre aux piliers de la halle
Leurs vieux habits , leurs vieux galons.
A les acheter l'on s'empresse ;
Chacun s'en pare et s'anoblit ;
Voilà pourquoi de leur noblesse
Tant de seigneurs n'ont que l'habit.

JULES.

Un vieux soldat dans la grand'rue ,
Aux passants demande son pain ;
Chacun s'apitoie à la vue
D'un héros qui nous tend la main.
Au récit de ses aventures ,
On voit qu'avec gloire il servit...
Car on peut compter ses blessures
A travers les trous d'son habit.

SOPHIE , *au public.*

Messieurs , faites nous la promesse
De nous applaudir de nouveau ;
Nous voudrions vous voir sans cesse
Assiéger en bas le bureau ,
En vous pressant sous le passage,
Puissiez-vous , suivant nos avis ,
Au lieu de déchirer l'ouvrage ,
Déchirer plutôt vos habits.

IMPRIMERIE DE PLASSAN ET COMP., RUE DE VAUGIRARD, N° 15.